Leçon de ténèbres

© 2021 Ph. Aubert de Molay/Hispaniola Littératures

Édition : BoD – Books on Demand,
12/14 rond-point des Champs-Élysées, 75008 Paris
Impression : BoD - Books on Demand, Norderstedt, Allemagne

Chargée d'édition HL : Rose Evans

Collection 1 nouvelle

Illustrations de couverture : Isabelle Gastard

ISBN : 978-2-3222-6861-0
Dépôt légal : Mai 2021

Leçon de ténèbres

nouvelle

Philippe Aubert de Molay

HISPANIOLA LITTERATURES

Collection 1 nouvelle

Mes ténèbres m'éclairent si violemment.
Tomás Luis de Victoria,
Office des défunts (1603)

Leçon de ténèbres

Il est tard. Il me faudrait un ciel plus bleu, plus paisible, plus matinal, moins vaste et moins lumineux. Un ciel de lit. Dans les feux pâles de l'aube, je me souviendrais. Je me souviendrais du temps où on m'aimait beaucoup. C'est que j'étais célèbre. On me demandait de Caracas à Maracay, de Monterey à Nezahualcóyotl, de Puebla à Mexico. Madrid aussi, c'est arrivé au début. Jusqu'à des étrangers qui m'aimaient, jusqu'aux gens dans les rues et au loin vers les campagnes méconnues.

Je m'appelle Juanita Cruz de la Casa. Torera. J'ai commencé à toréer à quatorze ans, c'était en 1931. Raconter ma vie, ce n'est pas ce que je sais faire. Qui cela intéressera-t-il que j'aie porté l'habit de lumière pour la première fois à Grenade et là j'avais dix-neuf ans ? L'année d'après, pour soutenir l'armée républicaine, j'ai toréé lors de fêtes destinées à réconforter une foule de soldats blessés. J'étais jeune mais d'instinct j'ai aimé les idées anarchistes. Ces hommes-là traitaient les femmes comme des égales : nouveau monde. J'ai dû ensuite quitter l'Espagne, j'étais si jeune. J'ai dit que raconter ma vie, je n'aimais pas. Que l'on sache seulement que je ne suis rentrée au pays que quarante ans plus tard. Brûlure de l'exil. Venezuela, Mexique, Pérou, Bolivie. Sur les routes, j'ai emporté le chagrin d'avoir dû renoncer à une maison où l'on m'attende. Être seule dans le froid glacial des vivants, j'ai vécu cette pauvreté. Des départs, toujours. Même si j'ai eu l'orgueil de mettre quelquefois la mort en fuite, au point de faire tomber une foudre d'applaudissements sur les arènes tant on m'approuvait face au toro. Dans la lumière précieuse de l'après-midi, j'ai eu parfois l'impression de repousser les limites du monde, voyant anoblies la déraison et l'inutilité de mettre ma vie en jeu. Je réussissais, je saluais la foule et j'étais juste une femme.

Ma maison, c'était le voyage. Canada, Colombie, Etats-Unis. J'ai vu en 1937 ou 38, je ne sais plus, à Hollywood une jeune actrice promener en laisse un léopard assommé de calmants. J'ai su que je traitais mieux mes toros et mes chevaux. J'ai pensé aussi sans cesse à Madrid, c'est que mon chien était resté là-bas.

Comme tous les hommes, les toreros veulent savoir lequel d'entre eux pisse le plus loin. Je suis une femme et cependant, à la surprise générale, je les ai inquiétés sur ce point. Alors ils me l'ont presque tous fait payer, entretenant avec beaucoup de soin la misogynie d'un public déjà naturellement avare de toute sympathie envers les femmes. Pourtant, devant la terrible attraction que ma propre mort exerçait sur moi-même (je n'ai pas peur de disparaître car j'ai adhéré très tôt à cette évidence selon laquelle tant qu'il y de la vie, il y a du désespoir), j'ai vu au fil des années, les arènes m'accepter et les *viva* d'abord forcés s'adoucir jusqu'à la mélancolie et la compréhension. Un soir de féria à Mexico, j'ai su que - bien qu'encore là - je manquais déjà aux gens. J'ai alors connu la piété des foules plaçant des images de moi dans tous les salons de coiffure, sur le berceau des nouveau-nés et dans les chambres d'hôtel à côté du crucifix. Je suis devenue riche. Sous l'éternel ciel d'août parfumé par le jasmin, j'ai donné des interviews à des journaux me rémunérant pour le faire. J'ai dit que je voulais qu'on se souvienne de moi comme d'une torera élégante et charmeuse, capable aussi. Si possible héroïque et guerrière. J'ai dit d'autres bêtises. Que, d'après moi par exemple, ce qui gouverne le monde, ce n'est ni la force ni l'amour, hélas. Mais la longévité. Être encore là, bien après les terreurs et les souffrances de cinquante ou soixante ans de vie, voilà qui relève de l'exploit, non ? Certains n'y parviennent pas et tombent en route sous les balles du réel. J'ai déclaré aussi que j'étais républicaine même si j'aurais été incapable d'expliquer ce que cela pouvait bien signifier tant nos idéaux sont confisqués par ceux-là mêmes qui prétendent les défendre. J'ai parlé. J'aurais dû me taire. La boucler. Depuis, tous mes mots ont été lavés, lessivés, passés à la paille de fer par des lendemains qui n'ont pas chantés. Me contenter des arènes, voilà ce que j'aurais dû comprendre. Le présent n'est qu'un feu mal allumé dans la nuit d'hiver. Beaucoup de fumée, peu de flamme, une chaleur presque imaginaire. Une intimité avec les ténèbres environnantes.

Bien que non croyante, j'ai pris l'habitude chaque année de suivre les offices de la semaine sainte. Ces leçons de ténèbres comme on dit. J'ai pleuré en écoutant jouer des œuvres de Tomás Luis de Victoria, composées plus de trois siècles plus tôt. Tant de beauté brutale. Enveloppée de musique, je me suis assise longuement dans la chapelle de la cathédrale de Caracas où repose l'épouse de Simon Bolivar, une femme taiseuse et mélancolique.

Elle si sage, qu'aurait-elle pensé de ma position de torera ? J'ai su que l'exil et le sable pour y risquer ma pauvre petite vie n'étaient rien d'autre que ma paix et ma révolution, ma propre leçon de ténèbres.

J'écris cette lettre et j'aimerais bien avoir une chose intelligente ou deux à dire mais je ne vois pas quoi. Comme pour tout le monde, mon petit savoir accumulé n'est qu'ignorance en définitive. Je sais juste que d'ordinaire le toro ne me faisait pas peur, sauf celui à la robe de poils rouges et noirs, le *castaño oscuro* comme on dit. Celui-là, il me faisait peur. C'est ainsi. Je voudrais savoir parler des femmes, je suis l'une d'elles. Mais je ne sais pas quoi dire ou, du moins, comment le dire. Comme nous toutes, la quête du refuge que constituent des bras solides m'aura bien inquiétée. Mais j'ai eu de la chance avec mon mari. Comme nous toutes, en dépit des dévorations du temps qui passe, j'ai été prête à jouer le jeu, à faire de mon mieux, à me battre pour les miens. Comme nous toutes, je voulais que tout aille bien du matin au soir et du soir au matin ; comme nous toutes, j'ai souvent vu les hommes faire comme si nous n'étions pas là. Comme nous toutes, j'ai aimé l'harmonie et elle n'était pas souvent de la partie, j'ai dû m'oublier, me donner, ne pas me reposer, accepter qu'en dépit de mes efforts et de mes épuisements, on considère ici et là que je n'en faisais jamais assez. Comme nous toutes, refusant brusquement d'être tenue en laisse, dans l'air lourd des six heures du soir et accablée par les servitudes de la journée, j'ai eu la tentation – et parfois j'y ai cédé – de ne pas rentrer à la maison.

Lorsque j'ai été en danger, bousculée par la corne, je me suis sentie immense, à ma place, habitée par une âme me dépassant, désirée par l'univers. Dans l'exercice de mon art, j'ai eu contenance d'un pays entier, violence violette d'orage, couleur de cuir noir. J'ai été moi, animale et humaine, surnaturelle et fragile. Vraiment femme. Ma raison s'endormait enfin, je devenais un corps, le mien : j'étais des gestes, une vision, une respiration, des odeurs et des sangs. Consciente du piège que constituait ma position de torera mais acceptant d'une humeur égale la possibilité de m'y perdre ou de m'en échapper, j'aimais risquer ma peau. Dans le triste cortège humain des abandons, des trahisons, des renoncements, j'ai estimé que vie et mort se valaient. Vrai et faux ne sont-ils pas amant et maitresse ? Bras dessus bras dessous comme deux voyageurs perdus et rassurés de suivre la même route. Je n'aime pas la vérité car vous ne trouverez pas plus menteuse qu'elle. Elle ne jure que par elle-même, se prenant pour quelqu'un de respectable, pour une grande dame, « pour une espagnole » comme disent les sud-américains avec dédain. J'ai eu du pouvoir. Autant qu'un homme. Quelle surprise.

Un jour aux arènes de Maracay, devant tout le Venezuela, dans la dentelle bruissante des éventails, devant les dames avec leurs bustiers presque transparents, leurs sacs en cannage bleu ciel ou vanille à la main, les coûteux parfums français chantonnant la soie crémeuse des robes du dimanche, les si féminines lanières délacées des chaussures de luxe en cuir de Séville captivant le regard des garçons impatients, j'ai rendu six mille personnes immobiles et silencieuses. Tous ces hommes aux chemises blanches ou aux uniformes désuets, toutes ces femmes jalouses de mon héroïsme. Six mille personnes comprenant que si je me désintéressais un instant du fauve, c'était pour remarquer, le temps qu'il faudrait, le passage d'un scarabée à mes pieds. Lenteur. Ma lenteur. Pouvoirs de déesse.

Aujourd'hui, depuis ma chambre où le jour s'éteint, j'observe la clarté tamisée par le feuillage d'un grand tilleul. Peut-être la beauté n'est-elle que la ruse de la vie pour tenter de nous convaincre de rester encore un moment ici-bas ? Au cas où. L'aventure, l'amour. Vous savez ce que c'est, on se promet de n'y plus croire mais nous ne sommes que des humains : une offrande à notre charme déclinant et nous fonçons tête baissée dans les ennuis, comme le taureau. Me voici donc rentrée à Madrid. C'est que Franco est mort vieux, je suis vieille aussi.

J'ai retrouvé les places ombragées, les rues aux odeurs de citron et de vin chauffant au soleil, le calme de la vieille capitale loin de la frénésie des Amériques. Est venue ensuite la lente progression du dégoût de vivre. Dire non à l'existence ne m'a jamais coûté le moindre effort tant je trouve cette vie surestimée. J'ai habité si naturellement les épreuves, celles-ci se succédant sans me laisser souffler un mois ou deux, que le bien-être - lorsqu'il paraissait - je ne l'aimais pas. Je lui trouvais cet air de menteur, de politicien pour être exact : il allait me reprendre à coup sûr dix fois plus qu'il ne prétendait me donner.

De ce voyage de quarante ans, j'ai rapporté dans mes bagages le secret des secrets : il ne faut pas s'inquiéter, ça ira. Après qu'on ait tout essayé (amour, désamour, y croire, ne plus y croire, y croire de nouveau) et que tout ait sublimement été ruiné, il reste la mort. Ses bras accueillants pour enfin nous faire exister sans souffrance ni choix à vivre. Son sourire gratuit. Un vieux torero de Caracas me l'a confirmé en fermant les yeux après avoir été renversé par un taxi au sortir d'une corrida d'été : « Juanita, c'est toi ? » Il a dit. Ajoutant : « Tout se passera bien à l'instant suprême car tout le monde est capable d'être mort ». Véridicité. Vieille loi occulte du monde : la simplicité du mourir est une authentique consolation, une force.

Et voilà que nous sommes à Madrid, le 18 mai 1981. J'ai soixante-quatre ans. C'est assez. Les médecins m'ont expliqué hier que je devrais cesser de vivre dans les quarante-huit heures. Je vais m'y efforcer afin de ne pas contredire ces hommes de science. Et aussi du fait qu'il fait chaud sous ces draps et que je suis impatiente de me reposer de moi. De laisser les autres se reposer de moi, de permettre au repos de se reposer du repos. Vivre sans un appétit d'ogre, sans la sainte ébriété de l'amour et en espérant espérer ne vaut pas l'effort que cela commande. À mes yeux, la vie exige des conditions : la première étant que j'y consente. Je ne veux pas me soumettre au flux des heures, celui qui réinvente encore et encore les jours passés. Ce qui brutalise l'âme. Le présent n'est qu'un règlement de compte permanent. Par ma fenêtre entrouverte, j'entends la mort qui court dans les rues, chantant à tue-tête, heureuse comme une enfant dans un magasin de jouets. Tôt dans ma vie, devant l'absurdité de mon passage sur terre, j'ai compris que la meilleure chose à faire en cette vallée de larmes, c'était de gaspiller le temps qu'il me restait. J'avais dix ans et je voulais devenir chanteuse d'opéra, romancière ou torera. Que l'on sache toutefois que j'ai essayé de pratiquer une vie riche d'art et d'attention. Ce curieux métier de torera m'aura permis de vivre comme si je pouvais enfin mourir d'un instant à l'autre, sans m'économiser. J'ai su que le courage, c'est juste d'oublier qu'en réalité nous en sommes dépourvus.

Que bien peu son taillé pour l'action mais qu'il faut faire comme si, se prendre pour quelqu'un d'autre. Être le plus que possible celui que l'on ne sera jamais.

Du Mexique, j'ai aimé sa cuisine des rues. Les petits étalages avec ce qui grille et frit du matin au soir, les brochettes de fruits, les trente sortes de sauce au piment, la coriandre réputée aphrodisiaque, le sucre parfumé avec des plantes aux noms inconnus.

On me reconnaissait, on ne voulait pas que je paie, j'insistais, je distribuais des places pour le prochain dimanche. Vous ne me croirez pas mais sur les murs de chaque auberge il y avait mon portrait, voisinant avec les rouges outrés et les ors noircis par la fumée des cigarettes de tableaux montrant des sierras désertiques ou des temples du Yucatan. Parfois plusieurs photographies de moi dormaient au beau milieu des fausses armes de la conquête coloniale, des comptes rendus de corridas oubliées et des volières bruyantes, les serveurs s'évertuant, sans le moindre excès de mots et avec un grand sérieux poétique, à réciter les noms exotiques des oiseaux : amazone à joues vertes, ara militaire, colibri féerique. Nous ne sommes pas les seigneurs de la terre, seulement ceux du décor, j'ai su. Pour les gens, j'étais moi-même un oiseau de volière. Une Juanita Cruz. C'est un oiseau de nuit à l'air buté. Un oiseau des ténèbres, pourtant souriant.

Je dois m'en persuader aujourd'hui mais j'ai été cette femme adulée. Désormais, dans l'air frais du crépuscule voilé de noir comme en habits de deuil, je plonge rituellement dans mes douleurs. Je ne suis plus rien d'autre que l'archiviste de moi-même. Une vieille dame souffrante, qui pourrait croire qu'elle a été torera ? Qu'elle a vu courir sur elle des bêtes de six cent kilos ? Qu'elle a tué avec franchise ? Je me demande comment j'ai pu accomplir toutes ces choses, l'ascèse infligée par la maladie est un si grand sujet d'étonnement. Chute libre. Il n'y a presque plus d'endroit en moi épargné par les combats. Mon cœur est une ville en flammes. Je dors beaucoup, comme si le fait de fermer les yeux pouvait me rendre invisible. Je passe un temps infini à tenter de réussir quelque chose de simple. Par exemple hier, vous allez rire : peler une pomme afin, comment expliquer une telle futilité, que l'épluchure soit d'un seul tenant, une longue guirlande de fête. Rigolade avec les infirmières.

Détresse parfois, aussi. Lorsque vient la nuit sérieuse, d'abord regarder les étoiles à travers les frondaisons du tilleul. Toute cette lumière si lointaine, comme l'heureuse maison d'une autre. Ensuite baisser les yeux et mesurer à quel point la chambre est noire. Noire noire noire. Se souvenir que la vie est une leçon de ténèbres. A cet instant, pas le choix, on mange dans la main du néant.

Hier, tu m'as offert un vin réputé aussi noble que celui de la Bourgogne et venant de la province de Coahuila au Mexique, non loin du Nuevo Lèon et du Texas que nous avions visité, chevauchant ces déserts bibliques saignés à blanc par une lumière perpétuelle. Un vin mystique que j'ai bu autrefois des nuits entières avec toi mon chéri, mon petit grand mari, ma pierre de lune, au temps des années amoureuses et tu me parlais de ce raisin rose du Pérou utilisé pour faire le vin tandis que tes mains dorées commençaient à se poser sur moi. Tu adorais parler parler parler et me toucher en même temps, l'air de rien. Ce jeu entre nous et je gémissais bientôt tandis que tu évoquais je ne sais quoi à propos de ces verres que nous portions à nos lèvres enfiévrées. On s'est tant aimé. Toi. Merci.

Plus tard, j'ai compris avec stupeur que les autres hommes n'étaient là que pour me faire bénir le ciel de t'avoir à mes côtés. L'amour, cette divine couronne tressée par nos imaginations, ornait miraculeusement nos fronts depuis si longtemps.

Après ma mort, tu passeras du temps sur le seuil de notre porte, regardant la rue comme si j'allais rentrer, tu m'accepteras même si fantôme. Tu nourriras les chiens errants, tu répareras la patte des pigeons déchirée par les rats, tu donneras (et surtout ne sois pas regardant) de l'argent aux bohémiens parce-que je l'aurais fait. J'ai aimé les scintillements de la pluie sur les tuiles vernissées des maisons voisines et j'ai acheté du jus d'orange aux fillettes pauvres frappant ensuite à notre porte chaque matin, tu le feras aussi. J'ai bien vite su que tu avais raison : l'orage, comme tu me l'expliquais une nuit lointaine à Caracas, est prétexte à croire en quelque chose, reste à trouver à quoi ? (peut-être en ma survie dans l'autre monde ?).

J'ai relu tes lettres. Les miennes sont plus intéressantes, je trouve : relis-les, tu admettras que j'étais une femme d'esprit. J'ai fumé tes cigares, j'ai bu ton vin de Coahuila, j'ai grelotté discrètement de chagrin, que faire de plus ? Dans un an, tu iras te dissoudre dans les diners en ville auxquels succéderont des petits matins paisibles avec tes amis dans les charmants bordels pour vieux messieurs de Madrid. L'envoûtement fané des caresses sans complication. Trouve-toi une aimable jeunette pour adoucir ta maison, tu as ma bénédiction, ton amusement sera encore un peu le mien. Ceux qui ont vécu de tels jours de désespérance sauront ce que je veux dire : un air de piano entendu dans la rue pourra t'abattre pour une semaine, tu n'y échapperas pas. Tu sauras que raconter aux proches ou aux étrangers ce que l'on a vécu ensemble, ce sera dire ce que tu voudrais encore. Tu vas me regretter beaucoup et ça me plait. Dans la viande rouge de tes émotions et la boisson enivrante de tes souvenirs, je te le promets mon petit grand mari, tu te sentiras rassemblé avec moi en une âme unique.

Conseil d'amie : consulte tous les six mois la jeune Maria de los Dolores, c'est une bonne cartomancienne à ce qu'on dit, la meilleure du quartier, elle a prédit avec exactitude ma mort et il parait que l'une de ses grands-mères était une gitane des Asturies, une prophétesse. Maria te donnera de mes nouvelles. Même si je t'attendais au paradis et qu'il s'avérait par conséquent que - finalement - l'au-delà existe (ne compte pas trop là-dessus tout de même, il ne faut pas exagérer), continue de te sentir proche des anarchistes que nous fréquentions autrefois. Ces braves. L'honneur de l'humanité.

N'oublie pas qu'ils assuraient avec sérieux qu'une fois qu'ils en auraient fini avec ce monde de douleur, ils refuseraient poliment mais fermement de ressusciter. Car ne pas durer est notre seul trésor, notre libération. Finir est la grâce.

On peut parier que personne ne songera à me poser la question mais si on me demandait ce qu'est le taureau, je répondrais que c'est bien simple, le *toro*, c'est ce qu'on n'a pas besoin d'expliquer. C'est quelque chose qui arrive. Les gens dans les gradins le savent, les toreros l'éprouvent. Souviens-toi de cette certitude et offre-là aux journalistes, écrivains et autres éditeurs si l'un de ces êtres étranges te contacte un jour à mon sujet. Il vaut mieux prévoir.

Rappelle-leur aussi que le 16 avril 1933, dimanche de la Résurrection, j'ai toréé à Cordoue avec Manolete dont le nom si illustre figurait pour la toute première fois sur des affiches, ça impressionne toujours. Ce n'est ni de la vanité ni de la petitesse d'esprit mais j'ai dû, plutôt deux fois qu'une, être la publicitaire de moi-même. J'en ai profité naturellement pour embellir à mon avantage telle anecdote, pour ornementer tel souvenir. Si je ne l'avais pas fait par pragmatisme, qui se serait soucié de ma gloire ?

Je

Somnole

Mais

Tout

Veille

En

Moi

Ici à la clinique, tout est blanc. Je hais le blanc. Il n'est que du vide solidifié, un grand rien envahissant. Ce soir, il me faudrait un ciel plus bleu, plus paisible, pour ainsi dire matinal, moins vaste et moins lumineux. Un ciel de lit. Celui de Juanita Cruz et de Rafael García Antón, ce *nous* que je suis encore un peu. Rafael, mon Rafael, mon petit grand mari. Je sais que nous aurons été les gens que nous aurons pu. On s'est heureusement aimé assez furieusement alors tout est bien. Oui tout est bien.

N'être plus rien du tout ne me peine pas. Ce soir. Un ciel. Moins vaste. Pour se souvenir. Dans les feux pâles de l'aube. De Juanita Cruz. Ta torera. Ta petite femme. Ta morte. Ton immortelle. Ta leçon de ténèbres. Frémissante de puissance, je retourne là-bas, aux arènes. Je marche soudain sur le sable, je fais le long chemin nécessaire dans la buée des années enfuies vers ces fins heureuses du jour où, dans la collision des heures et des sentiments, toute seconde glorifiée, je m'endormais contre toi, te respirant mon amour, en saluant reconnaissante et humble, sur le mur anéanti de la chambre, les grandes ombres mauves des toros tués.

(*Leçon de ténèbres,* 2015. Nouvelle publiée in *Leçon de ténèbres*, collectif, Au Diable Vauvert, 2015 ; in le quotidien *Le Midi Libre*, 2015 ; in *Boxer dans le vide*, anthologie 2005-2015 des nouvelles de l'auteur, Souffle court, 2017. Prix international Hemingway 2015)

Avec le soutien de Rose Evans, Olivier Millet (*Hispaniola Littératures*) / Ludmilla de Monfreid et Zoé Agbodrafo (*Totemik CrowFox*) / **Merci** à Juanita Cruz, Isabelle Gastard, Rudy Ruden, Arielle Marquant, Karma Ripui-Nissi, Maya Médicis, Karl Bilke, Olivier Richet, Federico Garcia Lorca, Horacio Quiroga, l'association Les Avocats du Diable ; Marie Doré, Julia Woolf et Sébastien Breton (*Lapin à Métaux*) ; Astrid Laramie, Olivier Bastille de Gouges et Paul Astapovo (*Fondation Carlota Moonchou*) ; Bob Collodi et Maria Quiroga *(Académie royale des littératures Orélides)* ; Laurent Battistini, Piotr Bish et Aksana Lydia Oulitskaïa (*Neness Danger*) / **Leçon de ténèbres** / Éditrice : Rose Evans / Illustrations de couverture : Isabelle Gastard / Mise en pages : Anastasia Tourgueniev et Zoé Agbodrafo (avec Béthanie Rib) / Dépôt légal mai 2021 / ISBN 9782322268610 / Imprimé en Allemagne / www bod.fr / www. aubert2molay.vpweb.fr / © Ph.A2M, 2021 © Hispaniola Littératures, 2021 /

www. aubert2molay.vpweb.fr

**du même auteur chez Hispaniola Littératures,
disponible en librairie et sur le site BoD www.bod.fr**

<u>Collection L'Inimaginée</u>
(Littérature de l'imaginaire)
-PETIT TRAITE DE SORCELLERIE ET D'ECOLOGIE RADICALE DE COMBAT
-DOULEUR FANTÔME

<u>Collection L'imaginable</u>
(Littérature blanche)
-SAPIN PRESIDENT

<u>Collection 1 nouvelle</u>
-TOUTE PETITE FILLE DES DRAGONS
-SUPERETTE
-LA HAUTEUR
-LA MORT DE GREG NEWMAN
-DIX ANS AVANT LA NUIT
-SELON LA LEGENDE
-S'ENFERMER DANS UNE CABANE ET ECRIRE
-EN MARCHE
-LECON DE TENEBRES
-L'HIVER 1877 DE MISS EMILY DICKINSON
- LA ROUSSEUR DU RENARD
-TECHNIQUES DE VOL HUMAIN EN CIEL NOCTURNE
-LA FEE DES GRENIERS
-ROUTE DU GRAND CONTOUR
-LE DOCUMENT BK 31
-FANTÔMES D'ASTREINTE
-BRODERIES ET TRAVAUX D'AIGUILLES
-LA REPUBLIQUE ABSOLUE
-LA BONNE LONGUEUR DE MECHE
-MADRID, ETATS ZUNIS D'AMERIQUE
-INTERNITE
-PIC DE L'AIGLE ET BELVEDERE DES QUATRE LACS
-SUPER HEROS À TEMPS PARTIEL
-POUR UNE FOIS QU'IL NEIGE
-KANSAS ET ARKANSAS

Collection 1 nouvelle